이규자 시집

# 낙타로
# 은유하는 밤

상상인 시인선 052

# 낙타로
## 은유하는 밤

•본문 페이지에서 한 연이 첫 번째 행에서 시작될 때에는〈 표기를 합니다.
•저자의 의도에 따라 작품의 보조 동사와 합성 명사는 띄어쓰기가 달라질 수
있습니다.

## 시인의 말


詩가
내 삶의 경유지가 아니라
목적이 되어가는 중이다

지식보다
지혜가 더 소중함을
너무 늦게 안 것은 아닌지


2024년 봄
이규자

# �֍ 차례

**2부** 기웃거리는 계절을 당겨

**3부** 하나와 하나 사이

**4부** 그림 한 점 빗물에 번진다

1부

나뭇잎 사이로 열린 하늘

# 십자


서랍장 문이 덜렁거려
드라이버로 조여 주니 단단하다

살다 보면
나도 흔들릴 때가 있지
주저앉기 일보 전
보이지 않는 누군가의 손이
바로잡아 주고는 했어
나를 다루는 솜씨 그만이야

심신이 노곤하고 삐거덕거릴 때
고정해 주는 그 무엇,
十字는 마음 넉넉히 쓰라
一字는 내려놓으라는 처방이다

사람과 사람 사이
갈등의 고리가 생기려 할 때
슬며시 조이고 뚝딱 풀어주기도 하는
신의 한 수

# 진분홍 봄을 매달고

봄빛에 무르익은 산비탈은 도원이다
늙은 복숭아나무들
진분홍 봄을 매달고 다시 싱싱하게 살아난다

노구의 몸으로
당당히 서 있는 저 모습
세파에도 꿋꿋하신 내 아버지 닮았다
밭둑 사이로 다가온 얼룩진 일기장
갈피마다 피어난다
겨울이면 밤새 복숭아 봉지 만들고
산기슭 오르내리며 광주리에 담았던 시간들
그 땀의 열매로 키운 칠 남매
잘 익어 이제는 단맛이 흐른다

아흔다섯
고목이 되신 아버지
묵정밭이 된 고향 밭뙈기 생각에 머릿속이 복잡하다
저곳은 누가 지킬 것이며
세월은, 또 나를 어디로 데려갈 것인가
〈

노구에 매달린 연분홍 꽃 구릉이 아름다운 봄날
애꿎은 복숭아밭을 서성이며
늙은 아버지는 꿈을 꾼다
무릉에서 도원까지

# 망초의 이주

죽은 자 밀어내고 산 자가 차지한 땅

오가며 마주치던 무덤가에 이장 공고가 붙고, 굴착기 몇
대 산등성이 오르내리더니 수백 기의 봉분이 사라졌다

개발에 밀려 하얀 꽃들 사위어 가는 길, 오래도록 지켜
봐 준 늙은 소나무 몇 그루가 송홧가루 날리며 영靈들을
배웅했다

파묘破墓 자리 아래 경인 운하가 유유히 흐른다 물길도
인간을 거스르는 시대, 다시 쓰는 역사 앞에 철거 명령쯤
이야 식은 죽 먹기 아니던가 살아서 지치도록 다녔을 이사
죽어서도 한다 쪽방촌 같지만, 이만한 집터 눈 씻고 찾아
도 드물 것 같다

무연고자 찾느라 지연되던 공사 부산하게 이어지고 얼
마 후 야구장과 공원이 들어섰다 산 중턱, 단장 끝낸 정자
가 강을 향해 앉으니 산이 형성한 듯 훤칠하다

가장 먼 곳이 가장 가까운 곳으로 변한 신도시 야경이
조등처럼 붉다

# 동화역<sup>*</sup>

팔순 넘은 느티나무 한 그루
폐역 시한을 예고한다

떨어져 뒹구는 이파리들 시든 조화처럼 광장을 휘젓는다
정년이 얼마 남지 않은 역장 어깨가 가늘게 흔들리는 것을
느티나무가 지켜보며 아름다운 이별, 달빛과 함께했을 것
이다

팔십여 년 희로애락 실어 나르던 기차가 내 유년을 불러
낸다 할머니 병수발 다니던 아버지의 고단한 어깨, 콩 팔고
딸기 팔아 자식들 운동화와 월사금 바꾸느라 애간장 녹이
며 드나든 대합실, 오래된 영화의 한 장면을 채록하고 있
다 막내딸 보러 오신 외할머니 마중하던 곳, 층층시하 시집
살이하던 어머니 어깨가 펴지고 소고기 두어 근과 아이들
원기소 사 들고 오시던 아버지 발길 머물던 곳

출입문에 붙은 폐역 공고
아버지 부고장 같다

* 원주시 문막면 동화리 18번지.

23

# 파치

낮달이 마루를 둘러보고 지나가면 과수원 오전 출하가
끝났다 제 무게 지닌 녀석들 도시로 팔려 가고 소쿠리에는
파치만 남았다

아이 손까지 빌려 봄부터 가을까지 줄줄이 출하하고 나
면 한 해가 저물었다 과일 더미 속에 파묻혀 사는 과수원
집 딸이었지만 번듯한 맛 한번 보지 못했다 끝물이나 벌레
먹은 못난이가 겨우 우리들 몫
    개밥바라기 뜰 때까지 우리를 키운 것은 파치였다

난전에 쌓인 과일 더미를 바라보니 엄마 몰래 먹은 살
오른 복숭아가 생각난다 문득, 구순 어머니 통 큰 장사법
을 계산해 봤다 허공이 파먹은 찌그러진 못난이들만 먹고
자란 일곱 개의 별이 저마다 세상에 나가 제 몫 다하고 엄
마의 등을 지키고 있으니 얼마나 실속 있는 장사인가

    파치는 우리 집 밑천이었고
    우직한 엄마의 장삿속은 최고의 이윤을 남겼다

# 숲속엔 또 한 사람의 내가

바람 소리 가르며 오른 정상에서 나뭇잎의 흔들림 이제야 본다 오로지 위를 향해 오르느라 돌아볼 새도 없이

계곡물에 발 한번 담그지 못한 채 길만 따라 오르며 산을 보지 못했다

저 멀리 펼쳐진 풍경들 아득하다
발아래 바둑판 같은 도시의 모습, 숨 막히는 상자 속에서 그동안 무얼 하며 살았을까

사각의 모서리를 생각한다 흑과 백의 전투에서 살아남으려 얼마나 치열한 삶을 살아왔나 한판 승부로 지경을 넓힌 바둑기사棋士의 전술, 낙오된 누군가의 빈집을 생각한다

하산 길, 졸졸 흐르는 계곡 물소리 들으며 손을 적셔본다 나뭇잎 사이로 열린 하늘 누군가의 꿈이 두둥실 떠가고 있다 벼랑 끝에서 만난 또 한 사람 인사 건넬 새도 없이 앞만 보고 스쳐 지나간다

숲을 걸으며 숲을 보지 못한 또 한 사람의 내가 보인다

# 세대교체론

분침과 초침의 놀이터

다람쥐 쳇바퀴 같은 시간 체크하느라 벽과 손목을 들여
다본 지 오래전이다

시계는 첫사랑의 설렘도 잊은 채 살아가는 옛 애인 같다

요즘은 핸드폰이 대세, 그와 시작하는 하루다

꽉 막힌 벽보며 시작되던 일상에서 벗어나

언제 어디서나 수시로 소통되는 그와 함께하는 하루가
아기자기하다

무뚝뚝한 고집으로 서 있던 옛 애인보다는 자상한 핸드
폰 시계

하루를 늘 설레게 한다

외출 시 내가 잡던 사람의 손목도 놓아버리고

〈

한시라도 놓칠세라 핸드폰과 짝 되어 허리춤 꼭 잡는다

장식용 벽시계와 손목시계

옛사랑과 함께 유물로 남는다

# 말ﾙ의 유목

광화문이 열렸다
이순신, 세종대왕 동상 앞에서
촛불과 태극기가 서로를 흔들어 태운다

눈덩이처럼 커지는 말
유목遊牧으로 전전하던 말들이
무방비로 활보하고
입에서 입으로 날던 말의 씨앗은
가짜뉴스로 자란다

티브이 속, 앵무새들
저마다 입맛에 맞는 통계로
같은 듯 다른 수치 읊으면서도
얼굴 하나 빨개지지 않는다

말의 유목민들
말을 장전하고 말을 쏘아댄다
사막 같은 하루
댓글 부대까지 동원하여

붙이는 꼬리

잘라도 잘라도 끈질기게 돋는 말의 근성

# 비내섬의 물거울

물이 빗장을 열었다

섬 안은
지난해 홍수가 헝클어 놓은 수풀 사이로
잡풀과 억새가 무리 지어 혼돈이다

물울타리 안은 수양버들로 가득하다
풀어헤친 버드나무 머릿결이 찰랑이며
물길 따라 모두 거꾸로 머리를 감고 있다
어디서 많이 본 듯한 저 친근함
빨래터* 모습이 아른거린다
머리 감은 여인이 달려 나올 듯한 엉뚱한 생각에 잠길 때
구름을 흠뻑 빨아들인 물거울이 찰랑인다

빨래하는 여인 훔쳐보는 남정네처럼
붉어진 얼굴
비내섬** 물울타리 건너오는 순간
슬며시 따라온 물거울
핸드백 속으로 쏙 들어와 동행한다

* 김홍도 그림.

** 충북 충주시 앙성면 조천리.

30

# 빈집

묵직하다
대문 걸어 놓은 녹슨 자물쇠
입 무거운 사내 같다

문틈으로 보이는 서까래
넘어질 듯 위태롭다
노숙자 봇짐처럼 허름한 집안
침묵과 잡풀만 무성하다

먹감나무 가지 위에서
동네 이장 알림 방송이 울린다
'김 아무개 씨 오늘 새벽 지병으로 운명하셨습니다'

십수 년 비어 있는
집주인도 저렇게 세상을 등졌다는 듯
수도승 같은 고택에서
개불알 닮은 두툼한 자물쇠는 집을 지키고

집은 터를 지킨다

# 스피카 계절

밤하늘에서 수만 캐럿 보석이 쏟아진다

추수와 풍요의 여신
고개가 꺾어지도록 젖혀야 볼 수 있는
처녀자리별
그중에서도 도도하게 빛나는 별 하나
스피카를 꿈꾸었다

수억 광년 건너도 빛나는 그대처럼
無明의 시간 밝혀줄 시 한 편을 기다렸다
어느덧 반세기도 훨씬 지나
노을이 발등까지 차오르는 지금
명작을 꿈꾸던 날들이 가물가물하다

이제는
은하 제일의 꿈은 접도록 하자
처녀자리 어느 별이라도 좋으니
지혜롭고 품위 있게 익어가기 위해
반딧불 같은 작은 불을 밝힌다
〈

그래도 한 시절 내 꿈이 걸렸던
일등성 처녀자리 스피카별아 빛나거라
아직도 어둠 한쪽에서는
너를 보려 고개를 빳빳이 세우는 사람
절망을 딛고 일어나려는 기운이 있음이다


* 처녀자리에서 가장 밝은 별.

# 척

잠자리가 코스모스 위를 비행한다

날고 싶은 욕망, 잊었던 자유가 나를 유혹한다
팬트리에 묵혀둔 여행용 가방 비닐 벗겨 사용설명서를
읽는다

'장기간 사용하면 가정이 흔들리거나
심한 발병이 나면 되돌아오지 못할 수도 있다'는 경고문

해방감, 욕구, 불만… 잡생각 차곡차곡 접어 넣고 지퍼
를 채운다

잠자리 타고 도착한 목적지
일상 속에 쌓였던 피곤과 권태 일제히 튀어나와 하늘로
날아가 버리고
가슴 밑바닥에 숨었던 설렘이 거리를 활보한다

-오늘이 제일 젊은 날, 내 나이가 어때서, 있을 때 잘해
후회하지 말고-
〈

사용설명서 따위 뭉개버린 지 오래
침침하다는 눈 핑계로 애써 보이지 않는
척!

# 어느 날의 이름으로

병실에서 사흘 밤 동숙한 구순 할머니 자녀 여덟에 시앗의 자식까지 열 명이나 길러냈다고 기세등등이다 파란만장한 삶, 두툼한 등판은 씨름판 천하장사의 모습이다

병세가 심각해 시골에서 큰 병원까지 원정을 왔다지만 수혈을 받기란 쉽지 않은 일 다행히 씨앗 많이 뿌린 덕에 손주들 젊은 피 공수되어 금세 기력을 찾았다 쌕쌕거리던 해소기까지 잠들자 병실엔 평온이 왔다

시앗과 한방을 써야 하는 열패감에도 당당했던 본처, 샅바를 먼저 잡은 특권 때문이었다 본처와 시앗, 밀고 당기는 씨름판에 업어치기 한판으로 살아온 본처의 목소리 쩌렁쩌렁하다

# 다시

다시, 돌아와
툭툭 건드리는 봄 햇살

고놈 바람둥이 등쌀에
긴 겨울이 사르르 잠에서 깬다
망울진 꽃봉오리에 닿는
건달꾼 봄바람의 입김이 뜨겁다

가고 마는 그런 거 말고
되돌아온다는 '다시'라는 말

삶의 등을 안아주는
봄날이 좋고
애인의 손끝이 좋고

어제에 갇혔던 마음
툭툭 털고 새 아침을 열어주는
'다시'가 따듯하다

2부

기웃거리는 계절을 당겨

# 모천母川으로 회귀

월척 낚은 게 언제였던가
자판 위 감각 잃은 손가락이 더듬거리니
잡어雜魚만 걸려온다

시원始原의 바다 향해 뛰어들었던

항해는 길 잃은 지 오래
돌아가자

하구언河口堰 강기슭 거슬러

진주 같은 치어를 줍던 시냇가
순수의 물소리 곁으로 다시 돌아가자

거기 연어 한 마리
초발심의 시가 산란을 꿈꾸고 있을 것이다

# 베레모의 남자

그는 환한 미소의 대명사였다

화실은 그림이 겹겹이 쌓인
창고가 되어가고
멋지게 쓴 베레모와
손에 쥔 지팡이가 그를 대신했다

선뜻 손 내밀지 못하고
마음으로만 점찍어 놨던 그림 한 점
용기 내어 집으로 싣고 왔다

미국 전시회 때
실어증 환자가 눈물 흘렸다는 초가집
만지면 부서질 듯한 잿빛 지붕과
빨랫줄 아래 고추 말리는 오후의 풍경이
고단한 아버지의 은빛 머리와
어머니의 거친 손을 불러내곤 했지

이십여 년
말없이 동행한 그와 나

함께 식사하고 차 마시며
고락을 나누었네

돌아보면
나를 바라보는 그림의 배후에서
함께 걸어준 베레모가 고맙고
지팡이가 고맙고
가난한 시간들이 더없이 소중했다

# 흐르는 본능

역마살이 슬슬 시동 걸면
딱히 갈 곳 없으면서 나갈 채비 한다
자유로 프로방스에서 우아하게 커피를 마시고
먼발치 한강 끝자락 거슬러 바라보다가
나의 원천源泉이신 아버지
그리고 그 위의 아버지를 생각한다
어느 날 바람처럼 사라졌다가
에헴, 하며 별일 아닌 듯 돌아오시던

도로변 펄럭이는 분양공고는 가끔
생의 지루함 달래주는 그늘을 제공한다
모델하우스 구경하다 덜컥,
되지도 않는 먹이 삼킨 일이 한두 번이었나
그러나 누가 뭐래도
맹꽁이 부인에게 눈곱만한 지혜를 준 건
외출의 본능
집에서 빈둥대다 좀이 쑤시는 날
잠자리가 신호 보내면
날개 달린 손은 어느새 자동차 시동을 건다
〈

본능을 해소하고
한껏 윤나게 하루를 닦고 오는 귀갓길
콧노래가 먼저 대문을 들어선다
에헴, 대문 열고 나가신
할아버지 피 흐르는 내가 돌아오셨다

# 불완전한 암호

늘 푸르름이던 그녀
하얀 시트 위에 시든 꽃으로 누웠다
바싹 마른 실뿌리에
똑똑 떨어지는 수액만이 생명수

갈기진 손
쩍쩍 갈라져 핏기가 없다
손톱 밑에 까맣게 거미줄을 친 자국
생존의 몸부림이었을까

중환자실
서너 개 호스에 매달려서도
내 손바닥에 써주던
'붇'

꽃은 지고 사라진 뒤
시어머니 사진 들여다보다가
다시 떠오른 '붇'

석가모니 佛, 달러 弗, 불조심 불…

내가 알고 있는 불 그 너머
또 다른 뜻이었을까

얼마나 더 살아야 암호를 해독할 수 있을까

# 이따금

가끔 안부 물어보는 사이

오륙 개월 연락 두절 되면 절교하는 사람도 있단다
나도 용기를 내봤다
부고장이나 주고받을 먼지 쌓인 이름 골라 삭제 터치 눌렀다
수십 년 세월이 종잇장처럼
획~ 날아갔다

한때는
비바람만 불어도 안부 묻던 오랜 인연들
한 귀퉁이 도려낸 마음 시리다
쇼팽의 피아노 연주 녹턴 'Op, 9, NO. 2'를 듣는다
금싸라기 같은 햇빛이 붉은 열매 위에
톡톡 튀듯 내 마음을 감싸 안는다
어쩌다 그랬어-
내가 나를 다독이듯 스르르 가라앉는 마음자리

'이따금'이라는 말
뜸하게라도 이어진 인연, 아픔이라도 남겨 놓기로 하자

# 봄은 sale 중

거리는 온통 핑크빛
봄기운은 아직 머물러 있는데
앞서가는 것들마다 파랑으로 가득하다
저무는 봄
기웃거리는 계절을 당겨
백화점 안으로 불러 앉힌다
몸값이 비싼 마네킹은 고가의 여름을 두르고
거리를 방황하는 트렁크족*을 불러들인다
계절 사이에서 주춤거리는 신상품
마네킹이 유행의 문턱에 서 있다
체온보다 감각 온도가 앞선 그녀
이른 계절을 입는다
꽃무늬에 익은 눈이
단숨에 푸름으로 물 든다
시선 집중-
수영복 걸친 쭉 뻗은 다리 사이에 여름이 감긴다

지는 봄 사이로
그녀가 고가의 여름을 팔고
나의 봄은 세일 중이다


* 필요한 물품을 미리 준비하여 트렁크에 넣고서 여행을 떠나는 사람.

# 나름

체면에 목숨 걸고 사는 여자
자존심이 밥 먹여 준다고 철석같이 믿는다
그 알량한 똥존심 세우느라
오늘도 거울 앞에 앉아
시들어가는 머리카락 세운다

'처신 잘하고 다녀야 한다'
경쾌한 드라이 소리 속에
환청처럼 들려 못 박히는 소리
장리長利빚 내어 유학까지 보내주던
오래 묵은 음성이다

서양 속담에
'자존심은 내려놓지 말고
먹어 버리라'는데
우리 집 가훈은 은연중에
'먹칠하지 말아라'
지금 생각해 보니 사랑이라는 이름으로
체통 지키는 일이 우선이었지
〈

이 나이에
나의 체면 유지에 동원된 수단은
겨우 단정히 머리 매만지는 일
백지가 된 머리카락 먹물 입히고
얇아진 자존감 뿅으로 세우는 거다

그러고 보니 먹칠이라는 말
해석하기 나름
코에 걸고 귀에 거니
걸기 나름

# 서성이며 솔밭을 받아 적네

서천 바닷가 자연휴양림
물빛 하늘을 이고
갈맷빛 해송이 바람에 머리를 식히네

해변은 찌든 사람들로 북적거리고
휴양림도 지쳤는지 고요해졌을 때
세상의 온갖 소음에 귀가 아픈 소나무들
젖은 귀를 해풍에 말리네

벼랑 끝에 선 절박함
세상 모든 은밀한 모양새까지
품어야 하는 솔숲
못 들은 척 하늘에만 귀를 여네

철썩, 파도가 넘어오는 여름 문턱
풀리지 않는 숙제에 젖는 발등

언젠가, 이곳에 답답한 시간 한 자락을 묻어두지 않았던가

급류에 휩쓸리지 않으려고 서성이는 솔밭

〈

하늘로 귀를 열고
지혜를 구하는 해송 보며
나도 해답을 받아 적네

# 어느 선택

내 나이 서른 즈음
세상 꿈 다 이루어 놓은 한 여인이
자신의 돈과 명예를
내 젊음과 바꾸자 제안했었지

혹, 할 수도 있는 거래였지만
단번에 거절할 수 있었던 것은
푸른 청춘을 놓을 수 없어서

코로나 시국 그 어른의 부음
모든 걸 누렸을 생의 끝
국화 몇 송이와
울음 몇 조각이 빈소를 지키고

지금, 이승의 치맛자락 잡고 있는 나
부도 명예도 이룬 것 없이
푸른 책 두 권
그래도 그게 어딘가
아직도 명시 한 편 남기고 싶은
희망도 가지고 있으니

〈

그때 모든 걸 바꿨더라면
지금쯤 가지 않은 길을 후회하며
아픔만 가지고 있을 것이니

# 밑줄의 덫

방금 만난 사람
공회전한 머릿속 밑줄을 친다
빨강, 혹은 파란색으로

밑줄 친 인간관계망 속에서
늘 기억회로의 파열과
자동 삭제 기능에 무너졌다

수많은 만남
두고 기억하고픈 인연의 행간
까맣게 쳐놓은 밑줄도
흐려지는 기억에는 속수무책이다

혹과 백
부질없는 선입견
그 오만덩어리는 지워버리자
더불어 사는 세상
밑줄 같은 건 치지 말고

# 소통

그때 그 시절 고향 집에 붙어살던 반벙어리 온몸 동원해야 알아듣는 딱한 신세라, 손짓발짓 눈치로 모든 걸 해결하다 뿔뚝 성질나면 딱히 갈 곳 없으면서 가끔 제풀에 화가 나 집을 나가곤 했다 며칠 바람 쐬고 슬며시 들어오면 만사가 용서되는 그런 사람 비록 머슴살이였지만, 누가 뭐래도 일솜씨 하나만은 최고였으니 집안에서 받는 대접만큼은 상전

머슴과 십여 년 함께 지내 온 어머니, 어라? 영락없는 반벙어리가 되었다 멀쩡한 자식에게도 엉터리 수화로 말했다 나날이 변해가는 모습 보고 아버지는 머슴을 매정하게 내보냈다 묵정밭 되어도 사람이 살고 볼 일이라 하셨다 그가 떠난 후 원래 우리 엄마로 돌아오기까지 꽤나 길게 서성인 시간

우린 온몸으로 서로를 읽었다

# 제5의 계절
-장마

포만한 먹구름과 바람의 가속에 하늘이 무너져 내렸다

순식간에 도랑은 강이 되어 넘실대고 불안의 촉을 세운 산촌 오지마을 사람이 힘을 보태도 물의 힘은 완강하다 물이 물을 만나 몸을 불리며 덤벼든다

논두렁에 물길 내다 순식간에 사라진 장모 그를 구하러 간 의사 사위도 돌아오지 못했다 두 사람 구조하다가 실종된 소방관

그토록 유순하던 물이 흙탕물로 뒤집혔다 분노에 찬 물의 표정들, 선을 넘어버린 장맛비에 선을 넘어가 버린 사람들, 제5의 계절이 밭과 밭, 강과 강을 이어주던 선들을 하나로 뭉치고 있다

# 한 잔의 태풍

태풍의 이름은
성깔과 달리 모두 아름다운 이름

조그만 찻잔 속
휘휘 젓는 찻숟가락 따라
회오리바람이 인다
초강력 태풍 매미도 비껴갔건만
무기력에 폭삭 무너지고

한철 미로에서 헤매다
늘어진 마음 추슬러 외출한다
삭신이 쑤신다는 앓는 소리 핸드백에 욱여넣고
고질병 들고 한 바퀴 휙 돌아봤지만
기분 전환 만족 지수는 반반

변화무쌍 폭풍 닮은 여자
이름은 태풍 장미
계보를 지키려 파도를 잠재운다

속과 겉이 다른 장미차 마시며
우아한 척 천연덕스럽게 나를 다스린다

3부

하나와 하나 사이

# 엿보는 봄

빨래집게로 집어 놓은 꽃무늬 팬티가 사라졌다
바람이 다녀간 것일까
혹여, 대 끊긴 어미가 다녀가셨나

딸만 내리 일곱이나 낳은 내 어머니
아들 쑥쑥 낳은 어느 여인 팬티 입은 적 있었지
남의 담장 엿보며
보쌈하느라 끙끙댔을 안쓰러운 손
내 엄니처럼
혹여 말 못 할 사연이라면 눈감아야지

지금쯤 팬티에 핀 꽃들이
누군가의 몸에서 씨를 맺었을까
씨앗을 품기 위해 남의 밭 탐낸 도둑이라면
이제 그 순례 끝났으면

봄이 오는 기척에 나무 물오른다

# 동백꽃이 피어서

바람이 난 거지

그새를 못 참고 목 꺾은
붉디붉은 꽃송이
온몸을 봄볕에 내주고
질펀하게 놀고 있다

나무에서 한 번
땅에 떨어져서 한 번
꽃 보고 돌아서는
내 마음속에서 또 한 번
기어이 세 번을 피고 가는
저 붉은 가슴

내 화려한 시절도
한낮 꿈으로 사라졌지만
누군가의 가슴에 다시 피고 싶어
오늘 다시 쓰는

사랑詩

# 서툰 사랑법

햇살 머문 베란다에 가득한 초록
한때의 짝사랑으로 온통 다육식물뿐
화사함 없는 허전함을
달달한 커피 한잔으로 채우다
제라늄, 꽃기린, 보라색 수국을 심는다
이제야 화색이 돈다

무심한 눈길에 무던하던 다육이
너는 용감하게도 혼자 잘 커 줬지
꽃 한 송이 피워보지 못한 이력
방금 들여온 화사함에 한없이 나약해진다
커피 한잔 마시듯, 쉽게 사 온
한눈팔면 가버릴 새 식구 어찌하면 좋을꼬

오글오글 보내는 핑크빛 사랑
소담스레 피운 꽃과 초록이 가득하다
서로 서투른 사랑 지키느라
문 닳도록 드나든 사랑법

창문에 문신처럼 새겨진 사랑의 흔적들

# 가장 따듯한 위로

눈 위에 그린 하트 사진 한 장
폭설 속에 전송받으니
내 입꼬리도 절로 올라갔다
순백으로 칠해놓은 밑그림에
손가락으로 선 하나 그었을 뿐인데
눈보라에 전해 온 하트 온기
갇혔던 마음이 햇살에 고드름 녹듯
스르르 녹아내린다

가장 따뜻한 위로는
누군가에게 마음 나눠 주는 일
시리게 움츠러들던 마음
눈 녹듯 녹여주는 일은 분명 사랑일 거야
눈보라로 가렸던 시야가
하트 한 장에 다시 밝아지고
맑은 눈으로 바라보니 하루가 반짝인다

검색창 이미지에서 화살 하나 골라
그에게 날리고 문자를 보낸다

〈

내 ♡, 니 가슴에 콕 박힐 거야

# 행복 바이러스

너의 이름 행복나무
꽃 피운다는 것도 모르고 길렀네
깜짝쇼라도 펼치는지
짝 맞춰 셀 수 없이 피고 지고
가지마다 초롱초롱 매달려
현관 열면 환하게 반겨주네

사랑, 행운은 아무 때 오지 않는다지
기다리며 오래 참는 거라지
일곱 해를 넘기며 푸르름만 자랑하더니
올해 다산한 해피트리
행복은 요렇게 오는 거라며 보여주네

꽃말처럼 이름값 하려면
행복, 명예, 부귀 듬뿍 안고 와
지친 삶에 푸짐하게 안겨주면 좋겠다
오죽 베푼 곳 없으면
신전에 아뢰듯 복을 네게 구걸하고 있겠니
모르는 척
주고 또 주고 그랬으면 좋겠다

* 꽃말: 녹색의 보석나무, 부귀, 행운.

# 나란히 걷는 11월

가을 끝자락에 닿았다
계절은 마지막 잎새로 마침표를 찍는다
바람마저 건조하고
하늘은 멀리 달아나고 있다

11월 닮은 평행선 그으며 걸어왔다
곧은 것이
다 옳은 건 아니었다
하나와 하나 사이 이음매가 있었다면
둘이 되는 것들이 많았을 것이다

잎을 버린 나무와 함께
가을볕에 묵은 상념 널어 말리는데
손쓸시 놋한
그리운 것들이 울컥 쏟아진다

대지를 물들이며 통째로 걸어가는 십일월
또 다른 시작을 위해
가을이 어깨를 털어내고 있다

# 엔틱의자와 놀다

내 푸르던 날을 받쳐주던 엔틱의자

어느새 너도 많이 늙었나 보다
한 자리에 눌러앉아서
창밖 안개만 하염없이 바라보고 있구나

가슴 그득 스며들던 안개바다
요즘 들어 부쩍 더부룩한 속만큼이나
변덕 많은 일기예보다

백화점 문화센터 노래 배우기
시 쓰는 일까지…
오늘은 저 안개처럼 쉼표를 찍을까

가끔, 앞도 보이지 않는 길
수없이 더듬거리던 날들
요즘은 가는 길보다
돌아오는 길을 숙지 중이다

오래된 내 연인

엔틱의자의 기억 속에서
안개야 조금은 더 머물다 가다오
오고 감의 이치 깨달을 수 있도록
네 작은 물방울의 가벼움을 배우고 싶다

# 고흐의 저녁

물소리 새소리 알람으로 눈 뜨고 싶다
첫새벽 정적 깨는 카톡으로부터 멀어지면
특별한 하루가 시작될 거야

앞산 뒷산이 일러주는 낮고 깊은 소리
내 안에 들여앉히고
어긋났던 지난 발자국 되돌아보고 싶다

어느 시인은 가을비 오는 소리 들으려고
비 오는 쪽으로 머리 두고 잔다는데
나는 티브이 소리 들으며 잠을 설친다

돼지 부속 구워 먹으며 고흐의 저녁을 더듬는
감성은 도대체 어디서 나온 건지

일상에 휩쓸려 부초처럼 떠 있는
이 줏대 없는 시인
산등성 위로 저무는 석양 보며 비울 줄 알고
서리맞은 단풍의 마지막 향연까지 찬찬히 음미하다 보면
제대로 익은 시 한 수 얻을 수 있을까

〈

읽히지 않는 죽은 시를 짓지 않으려면
나를 낮은 자리에 내려놓고
물소리 새소리 바람소리가 들려주는 대로 쓰는
골 깊은 산속의 자연인이 되는 거다


시인다운 시인으로


* 이혜리 「가을비 오는 밤」 중에서.
** 이영식 「돼지 부속품」 중에서.

# 개미 박멸기

누구인가
개미를 하찮은 곤충 운운한 자

이삿짐 화분 속
감쪽같이 묻어온 개미 군단을 보라
집 안 구석구석 낮게 포진한 침투병들
인해전술 펼치는 것 같다

자정이 다 된 시간
현관 벨이 울려 나가 보니
인사 한번 나눈 적 없는 앞집 여자와 아들
한판 붙을 기세로 서 있다
아뿔싸!
개미왕국에서 먼저 인사를 다녀왔나 보다
심기 몹시 불편한 모양이시니
(무조건, 굽신)

손가락 발바닥으로 비비며 각개전투를 벌이다가
최후의 몰살 작전
물에 농약을 풀어 특단의 조치를 취했다

〈

그 후, 개미는 한 마리도 얼씬거리지 않는다
씨알 한 톨 남기지 않고 몰살당한 것일까

앞집과 불미스러운 첫인사 후
오기로 싸워 이긴 개미와의 전쟁
박멸기 적는 마음이 이렇듯 찝찝해서야, 원…

## 휴화산休火山

오래 침묵하던 산이
드디어 폭발했다

부글대던 뱃속에서
한꺼번에 쏟아낸 불호령이다
가만히 들으라는 듯
뜨거운 말을 쏟아내고
폭포수처럼 흘러
기묘한 용암으로 굳어간다

요즘
죽고 사는 일 아니면 덮어두던
하찮은 일에 화가 치민다
수시로 활화산처럼 뿜어내는 불덩이
쇠도 녹일 듯
허공에 퍼부은 죽은 언어
의미 없는 말들이
화산재처럼 하늘을 떠다닌다

누구나

휴화산 하나쯤 안고 살아가지만
나의 냄비는 너무 자주 끓는다
잠재우는 일
굳거나 묻어야 끝날 것 같다

# 생각 없는 폭우
−서초동 현자

강남 한복판 배 한 척 떠 있다
그 위, 고뇌하며 앉아 있는 사내
'생각하는 사람' 조각상 같다

백이십오 년 만에 내렸다는 집중 폭우
도시를 온통 집어삼킬 듯
지하 주차장 수위水位도 넘기고 말았다
차 건지러 물속으로 간 사람들
몇몇은 끝내 돌아오지 못했다

자동차 위, 처연하게 앉아
굳어 있는 한 사람
생각과 생각 사이
지옥의 문 넘나들었을 것이다

풍랑 만난 어부
살아남으려 배를 버릴 자 몇이나 있을까
고락 같이한 애마와 끝까지 의리 지킨
서초동 현자의 초연한 사진 한 장
폭우 속

로댕의 조각상 되어 오래 남아 있다


* 로댕의 작품.

# line 위에서

차도 위에 그려진 주행선들
꼭 지켜야 할 규칙이고
생명선이다

살다 보면
넘지 말아야 할 선을 넘을 때 있다
도덕심으로 내 안에 그어진
경계의 전쟁에서 지기 때문이다
질서 유지하던 선 지워지면
삶은 온통 뒤엉키게 될 터이다

오늘도 line 위에서
중앙선 넘지 않으려 잡념을 떨친다
선 하나로 생사가 갈리고
천당과 지옥이 교차한다

# 목련 유감

구곡폭포 가는 길
목련이 흐드러지게 피다가 진다

"난 꽃 중에서 목련꽃이 제일 싫어"
중년 여인의 중얼거림
절경을 타고 내 귀에 쏙 들어와 꽂힌다
고귀한 저 꽃이 싫다고?
why?
또다시 들리는 소곤거림
"초라하게 지는 저 뒷모습 좀 봐"
우아함 뒤의 초라함
그 양면성이 싫다는 뜻

무심히 넘겨도 그만인 그녀의 말
왠지 그 화살이
엉뚱한 방향으로 꺾인다

내 지긋한 나이
그 뒷모습이 자꾸 밟힌다

# 단단한 사이

거실 탁자 위
수석 한 점 물끄러미 나를 바라본다

매일 그 자리에 있었건만
서로 오랜 시간 바라보는 건 처음이다
구멍 숭숭 나고 푸석이는 모습
나잇살 얽힌 나와 무엇이 다르리

포말泡沫이 면사포 되어
제주도 갯내음을 코끝에 풀어놓는다
신혼여행 때 바윗돌에 앉아
둘이 한 곳 바라보며 미래를 꿈꾸던 시간
너도 우연히 마주친 인연으로
가방 속에 담겨와 동거가 시작되었지
그저 평범한 돌
콩깍지 쓰고 짝이 된 우리처럼
그렇게 곁이 된 지 반세기

못 들은 척, 못 본 척
눈 가리고 귀 닫고 살아온 시간만큼

묵묵히 함께한 사이
우리도 그렇게 살아온 거 알지?

지평선 바라보며 손잡고 맹세하던
그날의 언약을 꺼내 닦아 본다
수호신처럼 다독이던 무언의 대화들
활화산처럼 폭발하던 시절 잘 다스려
우리 사이가 더 단단해진 거란다

4부

그림 한 점 빗물에 번진다

# 브레이크타임

단풍잎 털어낸 나뭇가지 바라보며
멍때리기 하는 오후

새싹들 돌보느라 분주했던 봄
발바닥 땀 나는 것이 대수냐고
동분서주 뛰어다녔던 여름
그때도 끄떡없었는데

늦가을 앙상한 가지들
휘청이는 내 몸뚱이같이 서 있다
빛 고운 단풍 내려앉은 대지
온 천지가 울긋불긋

내 그늘에서 빠져나간 분신들
제자리서 빛나고
그 붉음 바라보는 이 가을
브레이크타임이다

# 질문의 순간
－맹자와 순자에게 묻다


맹자의 성선설

순자의 성악설


두 인성론人性論이 입력되는 순간

머릿속은 늘 두 갈래 길

이 말이 맞는 것 같고

저 말이 맞는 것 같고


맹자는 "측은지심, 수오지심, 사양지심, 시비지심이 없으
면 사람이 아니다" 하였고 순자는 "인간의 성품은 악하다,
선한 것은 인위人僞다"라고 하였다


주위 사람이 내게 하는 말

사람을 무조건 좋게 보는 게 탈이란다

선한 사람들만 사는 세상이 아니라고 충고까지 한다

나는 처음부터 맹자를 맹신한 것이었나

아니면 순자가 말하는 악어의 눈물을 보지 못한 것일까


맹자 왈, 순자 왈 줄 세우며 까만 밤 하얗게 지새다가
만난 고자告子의 성무선악설性無善惡說

〈

인간의 성품은 선하지도 악하지도 않다

이 말로 타협점을 찾고 나니 스르르 잠이 밀려왔다

# 전봇대에게 전해 듣는 말

수레바퀴처럼 늘어선 국화 다발 속
조문객이 꽃길을 내고 있다

태극기 휘장 고이 덮고
아버지는 96세 일기로 영면하셨다
장기 전투 승리로 이끈 역전의 장수將帥처럼
한 세기 전투 마치고
이제, 영영 돌아오지 못할 강 건너셨다

엄마는 혼잣말로
사람 팔자는 관뚜껑 덮어봐야 알 수 있다 했다
이승에서 자식들과 마지막 인사 나누고
관 모서리 맞출 때
비로소 이해되는 어머니의 말

"칠 남매 자식 앞세우지 않고
배웅해 주는 아내도 있으니
젊은 날 목숨 바쳐 나라에 충성했고
자식들 모자람 없이 키웠으니
이만하면 됐소, 암 됐고말고"

〈

젊은 날, 자랑 같아

전봇대에 대고 귀엣말로 속삭였다는 엄마

금실 좋았던 남편 별 탈 없는 자식 자랑 들으면

누구라도 고개 끄덕여지지 않을까


엄마의 혼잣말 타래

홀로 푸는 중이다

# 낙타로 은유하는 밤

하늘길
닿을 듯 말 듯

사막 건너온 늙은 낙타
모래 위에 무릎 꺾고 누워 있다
눈꺼풀조차 무거운 듯 실눈 겨우 뜨고
새끼 발소리에 귀 세우고 있다

낙타 등처럼 구부러진 엄마
참 먼 길 오셨다
잠깐 머무는 사람의 온기
너무 아쉽고 목말라
혹여 잠든 새 떠날까 봐
잠들지도 못 한다

누워 있어도 힘이 센 엄마
딸자식 발목을 묶어 놓았는지
한 걸음도 뗄 수가 없다

오늘도
하늘에서 보낸 청첩 마다하고
하루하루 버티고 있는 낙타

# 개량 수세미

박과의 덩굴성 한해살이풀
암꽃과 수꽃이 한 줄기에서 피었지
튼실한 열매 뚝 따서 가마솥에 푹 삶으면
실타래 같은 속살 드러내던 수세미
아주 오래전 이야기지만
본처 환갑에 애첩을 데리고 나타난 할아버지
할머니는 혼절하여 병원으로 업혀 가고
지주대 기대 오르던 수세미 넝쿨손은
그 자리에서 멈추고 말았지

집게손가락에 피어나는 색색 꽃을 보며
개량 수세미에 뜬금없이 밀려간 할머니 생각난다
지주대만 덩그렁 하늘 밑
필자가 참 박복했던

# 양귀비 치맛자락에 앉아

달콤한 수작으로 번개를 하잔다
백만 송이 꽃 피었다는 동영상에 심쿵
보내온 꽃물결 타고 넘어간다

어지러운 세상 어제를 잊으니
연둣빛 웃음 만발이다
내일은 모르리, 쉼표 찍고 싶은 날
초록 융단에 마음 눕힌다
살포시 들어선 꽃양귀비 군락
바람에 양귀비 치맛자락 살랑인다
황홀하여라
꽃이 되고 싶어 바람난 날
찰칵이는 셔터가 수놓은 하루가 붉다

우미인초˙ 너와 나
오늘이 제일 젊은 날
동색이라 여긴 꽃과 여인
오월의 끝자락이 한 박자 쉬어간다

˙ 양귀비과에 속한 두해살이풀.

# 숲 한 권에는 나무 한 행과 새 한 행과

시 한 수 받아 적으려고
혼자 오르는 산길이다
좀처럼 떠오르지 않는 시상詩想
억지로 잡아채려 하니
새소리 물소리도 들리지 않는다

詩人은
발가벗은 사랑뿐 아니라
풀벌레의 깊은 울음
나무의 가슴 속까지도 가늠해야 하거늘
산에서 숲을 보지 못한 무지
눈앞 사물들의 겉핥기만 하고 있다

한나절 빈 노트만 들고
오르내리는 모습 안타까웠던지
청설모가 내 어깨에 툭 던져주는
솔방울 한 개

화두처럼 집어 들고
노송의 숨을 더듬는다

# 기다림으로 일렁이는 바다

통영 앞바다
내로라하는 낚시꾼들 다 모여
낚싯바늘에 미끼 끼워 멀리 던진다
대어를 기다리는 마음
낚싯줄 따라 핑- 날아간다

잠시 후
손으로 전해오는 작은 떨림
잽싸게 낚아채 올리니
쓸데없는 잡념뿐
미끼만 털고 달아났다

바로 곁에서는
대어를 낚았다 흥분하는데
상념은 찌 흔들어 헛손질하게 한다

팔뚝만 한 전과 올린 태공의 한마디
순간 포착을 잘해야 한다나
오늘도 허기진 가슴은
빈 망을 휘저으며 낚싯대 탓만 한다

# 빗줄기는 되감기고

오래된 그림 한 점 빗물에 번진다

대청마루 뒷문을 활짝 열면 장독대 옆 채송화 맨드라미 지천이었지 꽃구릉 이룬 덩굴장미 뒤뜰을 밝히고, 봉숭아 톡톡 터지는 엄마의 정원은 늘 웃음꽃 만발이었다

오래된 영사기가 되감는 빗줄기 사이로 국숫발처럼 딸려오는 그 무엇 일곱 개 별들 아롱이다롱이 별자리 다르지만, 금세 숟가락에 얹어지는 이름들 무소식에 서운하다가도 삶이 삐걱거릴 때 한마음으로 응원하는 슈퍼 군단이다

세월에 바랬지만, 가족이란 유전자는 그들 속에 버티고 핏줄이란 이름표를 달았다

비 오는 날, 희미해진 그림 한 장 다시 채색해 본다

# 송년 연가

사시나무에 콩새 두어 마리
콩알만 한 무게로 내려앉자 가지가
휘청, 와자하다

사시나무에 앉은
웃음인지 울음인지 모를
그들의 대화
하루하루 휘청거리기도 바쁜데
웃거나 울어야 할 일은 무엇일까
콩알만 한 가계에도 실족이 있고
슬픔이 배어 나올까

새떼를 하염없이 바라보다가
문득, 한 해를 뒤돌아본다
사시나무 가지 흔들림처럼
내 소소한 일상도 위태로움이 있었다
손수건의 위로도 받은 적 있고
꽃잎 따 웨딩드레스에 뿌린 환희도 있었고

콩새야

느낌표와 물음표를 번갈아 물어 나르는 게
사는 이유인 건 아니!

# 사랑차茶

눈이 부리부리한 달마대사와 마주쳤다

지은 죄 없는데
나도 모르게 주춤 물러섰다
뭘까, 이 무시무시한 비주얼은
달마 그림 보고 도둑이 제 발 저려 도망갔다더니
그럴 법한 상이다

달마가 수련 중
졸음 이기려 눈꺼풀 잘라, 던진 자리에 차나무가 자랐다
는데
그 차 맛을 본 사람은 절대 졸지를 않는다지
내 늘어진 눈꺼풀 잘라 던지면 무엇이 되려나

달마 차가 졸음 물리쳤듯
내 눈꺼풀 차가
누군가의 무너진 가슴에
위로의 시詩나무로 자랐으면 좋겠다
눈물 방울 뚝 떨궈 사랑차로 우리고 싶다

# 물의 입

잠이 덜 깬 강촌
안개의 나라에 진입했다

어렴풋이
제 모습 드러내는 돌멩이들
물의 둥지 속
방금 낳은 알처럼 신비롭다

저들도 한때는
악산岳山 큰 바위였겠지
어느 날 문득 가슴에 통증 느끼던 날
어미의 몸에서 뚝 떨어져 나와
새살림 차렸을 거야

수만 번 구르고 굴러
모난 곳 하나 없이 순해진 모습으로
잠시 평온을 맞은 몽돌

새벽 강 수면 아래
모오리돌 굴리던 물의 입에서
단내가 난다

# 폐곡선 위에 날개 펴는 시

이영식(시인)

세간에서 흔히들 새를 자유의 표상이라 말하곤 한다. 무한 허공 마음껏 휘젓고 날아다니는 그들의 비행을 보노라면 땅에 발붙여 살 뿐인 우리 인간들에게는 당연히 부러움의 대상이 될 만하다. 그러나 아무리 허공을 치솟는 날개가 자유로워 보인다 해도 무한대로 날아오를 수는 없는 일, 새들이 날개를 접고 내려앉는 착지점은 결국 우리가 발 딛고 서 있는 지구 어디쯤이 될 것이다. 폐곡선이라는 수학·기하학적 용어가 있다. 한 점이 한 방향으로 움직이다가 마지막에는 출발점으로 되돌아와서 끊긴 곳이 없는 곡선을 말한다. 그러니까 새들이 자유의지로 그어놓은 비행경로는 결국 그들이 날아올랐던 대지로 다시 돌아와 폐곡선을 그리고 만다. 새들은 저마다 독특한 곡선을 그리고 있어 그 안에서 낳고 살고 죽으며 날짐승으로서 변별력 있는 삶의 생태계를 이루고 있다. 시 또한 그와 다르지 않다. 새가 땅 위에 그렸던 제 그림자를 지우고 날아오르듯 시인도 시의 발화점을 찾고 언어라는 질료에 묘사와 상상력을 더하여 저마다의 색채와 생명력 있는 문장으로 시 세계를 펼쳐나간다. 여기서 필자가 주목한 것은 폐곡선이다. 새가 무한 허공으로 계속 날아오르기만 한다면 끝내는 숨이 막히거나 심장이 터지고야 말 것이다. 시가 상상과 관념의 세계만 휘젓고 다니다가 비행 궤도를 놓친다면 의미만 떠다니고 실체를 잃어버린 미완의 새가 되고 말 게 자명한 일이니 시 또한 폐곡선 위에서 날개를 펴고 날아야 한다는 말이다. 각자 개성적인 폐곡선 위에서 시인마다 추구하는 시 정신과 미적 세계를 구축해 나가야 그만의 독특한 시 세계가 완성될 수 있다는 뜻이다. 이규자 시인의 시가 그렇다. 일상 속에서 발아한 시의 씨앗은 갖가지 상상력으로 싹 틔우고 가지 뻗어 나무로 자라서 시의 꽃을 피운다. 그가 가꾼 시의 나무에서 날려 보낸 새들은 상상력의 하늘을 날아다니다 폐곡선을 그리며 돌아와 시의 구조를 완성시킨다. 그래서 그녀의 시는 허무하거나 맹랑하지 않고 안정감이 있으며 구조 또한 단단하다. 이규자 시인은 다방면으로 재주가 많은 듯하다. 2003년 『문예사조』에 수필과 『한국예총』에 시가 당선되어 등단하였으며 시집 『꽃길, 저 끝에』와 수필집 『네이버 엄마』를 상재한 바 있는 중견 문학인이다. 『예술시대』 작가회 회장을 비롯하여 여러 문학모임에서 활동을 하면서 올해 두 번째 시집 「낙타로 은유하는 밤」을 엮어 또 한 번 독자와의 만남을 시도하고 있다. 그중에서 몇 편 맛보기로 골라 감상해 보기로 하자.

서랍장 문이 덜렁거려
드라이버로 조여 주니 단단하다

살다 보면
나도 흔들릴 때가 있지
주저앉기 일보 전
보이지 않는 누군가의 손이
바로잡아 주고는 했어
나를 다루는 솜씨 그만이야

심신이 노곤하고 삐거덕거릴 때
고정해 주는 그 무엇,
十字는 마음 넉넉히 쓰라
一字는 내려놓으라는 처방이다

사람과 사람 사이
갈등의 고리가 생기려 할 때
슬며시 조이고 뚝딱 풀어주기도 하는

신의 한 수

　시집의 서시에 해당하는 작품이다. 이 시의 제목 '십자'를 컴퓨터 검색창에 입력해보면 '십자가, 십자군, 십자수, 십장생…' 등 다양하게 많은 연관어가 뜨는데 이 작품에 등장하는 '십자 드라이버'는 전혀 언급이 없다. 그러니까 독특한 '십자'의 지점에서 시가 발화發火된 셈이니 우리가 일상적으로 보고 느꼈던 세계가 아니라는 말이다. 시인의 시안詩眼은 이런 새로움과 특별함이 있어야 한다. 화자는 "서랍장 나사가 풀려/드라이버로 조여주니 단단하다"면서 나사 머리에 그려진 십자 모양의 오목한 홈과 이곳을 조이는 십자 드라이버의 합일에 주목한다. 짧은 시간이지만 음과 양, 그들의 조합과 합일된 힘이 어우러져 서랍장이 뼈대를 바로잡고 튼튼해졌다. 화자는 이들의 물리적 작용에서 내 몸을 연상해 나간다. "살다 보면/나도 흔들릴 때가 있지" 그렇다. 일상에 어찌 파도가 없으며 늘 행복만 누릴 수 있겠는가. 희비가 윤회하는 것이 우리네 삶이니 성공이 있으면 실패가 있고 사랑이 있으면 이별도 있다. 그런데 위 시작품에서는 바로 이 희비의 교차점에서 특별한 존재가 등장한다. 너무 힘들고 괴로워서 "주저앉기 일보 전/보이지 않는 누군가의 손이/바로잡아 주고는 했어/

106

나를 다루는 솜씨 그만이야" 풀린 나사를 드라이버가 바로잡아 주듯 "누군가의 손"이 비틀거리는 나를 바로잡는다는 것인데 어찌 보면 그가 모신 신의 능력이라 불러도 좋을 만한 "누군가의 손"이 화자의 일상을 보듬고 안아주면서 이끌고 보호한다는 것이다. "심신이 노곤하고 삐끄덕거릴 때/고정해 주는 그 무엇," 화자의 몸과 마음이 바닥이고 곤경에 처했을 때 누군가 넌지시 던져주는 해결책이 절묘하다. "十字는 마음 넉넉히 쓰라"는 처방이고 "一字는 내려놓으라는 처방"이라는 것이니 십자 드라이버와 일자 드라이버를 구원의 방책으로 끌어와서는 그만의 미적 세계로 시를 전개하는 시인의 능력이 놀랍다. 결국에는 "사람과 사람 사이/갈등의 고리가 생기려 할 때/슬며시 조이고 뚝딱 풀어주기도 하는/신의 한 수"로 시상詩想을 증폭시키고 전개하면서 기승전결의 문장 구조를 완성 시키는 시적 능력을 보라. "십자"라는 말로 시작해서 "신의 한 수"로 엮어 매듭짓는 드라이버의 역할 또한 신비하고 경이롭다.

봄빛에 무르익은 산비탈은 도원이다

늙은 복숭아나무들

진분홍 봄을 매달고 다시 싱싱하게 살아난다


노구의 몸으로

당당히 서 있는 저 모습

세파에도 꿋꿋하신 내 아버지 닮았다

밭둑 사이로 다가온 얼룩진 일기장

갈피마다 피어난다

겨울이면 밤새 복숭아 봉지 만들고

산기슭 오르내리며 광주리에 담았던 시간들

그 땀의 열매로 키운 칠 남매

잘 익어 이제는 단맛이 흐른다


아흔다섯

고목이 되신 아버지

묵정밭이 된 고향 밭뙈기 생각에 머릿속이 복잡하다

저곳은 누가 지킬 것이며

세월은, 또 나를 어디로 데려갈 것인가


노구에 매달린 연분홍 꽃 구릉이 아름다운 봄날

애꿎은 복숭아밭을 서성이며

늙은 아버지는 꿈을 꾼다

무릉에서 도원까지

                    – 「진분홍 봄을 매달고」 전문



조선시대 그림꾼들이 가장 즐겨 그린 화제畵題 중 하나가 무릉도원武陵桃源이다. 다른 유명한 장소를 제치고 굳이 무릉이라는 장소가 선택된 것은 도연명의 유명세가 한몫했음을 짐작할 수 있겠다. 무릉에 사는 어부가 복숭아꽃이 떠내려오는 물길을 거슬러 가보니 도원에 도달했다는 '도화원기'는 세상 사람들을 환상의 세계로 이끌었다. 무릉도원은 단순히 복숭아꽃이 피어있는 장소일 뿐 아니라 근심 걱정이 없고 행복과 즐거움이 넘치는 곳, 현실에 실재하지는 않더라도 어딘가 있을 듯한 유토피아다. 그러나 위 시작품 속에서는 그러한 환상에 젖은 도원을 떠나 각박한 현실 앞에 무방비로 노출된 늙은 아버지의 고민이 아이러니하게 전개된다. 복숭아밭은 싱싱한 봄을 맞았다. 비록 아버지처럼 늙은 복숭아나무이기는 하지만 진분홍 복숭아를 매달고 봄의 정령처럼 서 있다. "노구의 몸으로/당당히 서 있는 저 모습/세파에도 꿋꿋하신 내 아버지 닮았다"에서 늙은 아버지의 몸을 복숭아나무로 그리고 노구老軀라는 은유를 심어 전개한 게 묘수처럼 느껴진다. 밭둑 사이를 걸어보면 아버지의 "얼룩진 일기장" 같은 이야기들이 묻어나오는데 "겨울이면 밤새 복숭아 봉지 만들고/신기슭 오르내리며 광주리에 담았던 시간들"이 주마등처럼 떠오른다. "그 땀의 열매로 키운 칠 남매"는 아버지가 가꾼 복숭아밭의 경제적 힘으로 성장했다. 자식들은 "잘 익어 이제는 단맛이 흐른다"니 참 절묘한 비유이고 참신한 표현이다. 그런데 여기부터 문제가 시작된다. 아버지도 어느새 95세가 되셨으니 당신 몸도 가누기 힘든 고목이나 다름 아니다. 자식들은 모두 객지로 출타했고 이제 젊은이들은 농사짓기를 선호하지도 않는다. 온몸 다 바쳐 가꿔온 아버지의 터전인 복숭아밭은 누가 지키고 나이는 백 세에 가까워지는데 세월이라는 괴물은 이 노구를 어디로 데려갈 것인가. 복숭아밭 서성거리던 아버지는 꿈을 꾸기 시작한다. 그 멀고 먼 무릉까지 날아서 도원에 닿으니 복사꽃 만발한 그림 속 세상이다, 바로 여기가 아버지가 꿈꾸는 영원한 천국이 아니던가.

분침과 초침의 놀이터

다람쥐 쳇바퀴 같은 시간 체크하느라 벽과 손목을 들여다본 지 오래전이다

시계는 첫사랑의 설렘도 잊은 채 살아가는 옛 애인 같다

요즘은 핸드폰이 대세, 그와 시작하는 하루다

꽉 막힌 벽보며 시작되던 일상에서 벗어나

〈

언제 어디서나 수시로 소통되는 그와 함께하는 하루가
아기자기하다

무뚝뚝한 고집으로 서 있던 옛 애인보다는 자상한 핸드
폰 시계

하루를 늘 설레게 한다

외출 시 내가 잡던 사람의 손목도 놓아버리고

한시라도 놓칠세라 핸드폰과 짝 되어 허리춤 꼭 잡는다

장식용 벽시계와 손목시계

옛사랑과 함께 유물로 남는다

— 「세대교체론」 선분

시계는 사람과 가장 오랜 역사를 함께해 온 사물 중의
하나다. 해와 달과 별 보며 시간을 측량했고 그것으론 부
족하여 언제라도 시각을 알 수 있는 기구인 시계를 만들
었다. 그 오랜 세월을 시계와 함께하다 보니 "얘야, 시계가
잠잔다. 밥 주어라." 이렇듯 자연스러운 은유가 우리 생활

속에 녹아들었다. '시계불알'이라는 아명으로 시계추를 주무르기도 하고 시계가 병이 나면 찾아가는 '시계대학병원'은 또 얼마나 유쾌한 말놀이인가. 사람은 저마다 시계 하나씩 품고 태어난다. 가끔 고장이 나면 수리도 받지만 가장 치명적인 결함은 내장된 밧데리의 수명을 더 늘리거나 바꿔 끼울 수 없다는 것. 그토록 오랜 친구인 시계를 보며 '분침과 초침의 놀이터'와 함께 살았는데 어느새 세상이 바뀌었다. "시간 재느라 벽과 손목을 들여다본 지 오래전"일 뿐 아니라 이제 "시계는 첫사랑의 설렘도 잊은 채 살아가는 옛 애인"같이 가물가물한 존재가 되었다. 왜 그럴까, 새로운 애인이 등장했으니 '요즘은 핸드폰이 대세, 그와 시작하는 하루'라는 거다. 꽉 막힌 벽에 붙어 내려다보며 우리의 일상을 통제하던 그 거만한 시계에서 벗어나 "언제 어디서나 수시로 소통되는" 핸드폰과 함께하는 하루가 아기자기하다. 옛 애인처럼 무뚝뚝하지도 않고 언제 어디서나 자상하게 배려해 주니 "하루를 늘 설레게 한다" 그래도 여기까지는 옛사랑에 대한 호감이 사라진 것에 대한 화자의 연민으로 공감해 줄 만도 하다. 그러나 지금부터가 문제의 핵심이다. "외출 시 내가 잡던 사람의 손목도 놓아버리고// 한시라도 놓칠세라 핸드폰과 짝 되어 허리춤 꼭 잡는다"는 것이니 현실 속의 반려자 또한 내가 버린 시계처럼 찬밥 신세가 다 되었다. 달뜨던 그 첫사랑도 내팽개치고 어

느새 핸드폰이 진짜 애인이 된 셈이니 사랑아! 너는 "장식
용 벽시계와 손목시계"와 함께 유물로 남을 뿐이라는 걸
아느뇨?

광화문이 열렸다
이순신, 세종대왕 동상 앞에서
촛불과 태극기가 서로를 흔들어 태운다

눈덩이처럼 커지는 말
유목遊牧으로 전전하던 말들이
무방비로 활보하고
입에서 입으로 날던 말의 씨앗은
가짜뉴스로 자란다

티브이 속, 앵무새들
저마다 입맛에 맞는 통계로
같은 듯 다른 수치 읊으면서도
얼굴 하나 빨개지지 않는다

말의 유목민들
말을 장전하고 말을 쏘아댄다
사막 같은 하루

댓글 부대까지 동원하여

붙이는 꼬리


잘라도 잘라도 끈질기게 돋는 말의 근성

- 「말들의 유목」 전문


시가 퍽 재미있다. 본래 시라는 게 재미로 읽는 장르는 아니다. 그러나 위의 작품은 이러구러 문학적 평가나 호불호를 떠나 읽는 맛이 난다는 말이다. 우선 "광화문이 열렸다"는 도입부가 의미심장하다. 광화문은 조선의 대표적 왕궁인 경복궁의 남문에 속한다. 궁궐의 출입을 관장하는 수문장과 병졸들이 왕실의 안위를 지키는 대표적인 장소라 하겠다. 이곳이 열렸다 함은 반상의 구별 없이 통행이 자유로워졌다는 1차적 의미도 있지만 위 시작품에서는 누구나 자기의 생각을 마음대로 말하고 토론할 수 있는 언론의 자유가 주어진 곳, 즉 광화문 광장이 열렸다는 의미가 더 도드라져 보인다. "이순신, 세종대왕 동상 앞에서/촛불과 태극기가 서로를 흔들어 태운다"니 이 시구에도 넓고 깊은 은유가 출렁거리고 있음을 볼 수 있다. 즉 우리나라의 대표적 위인을 기리기 위해서 광화문 광장에 세워진 두 개의 동상 앞에서 촛불로 상징되는 집단과 태극기로 상징되는 집단이 서로 자기편의 주장이 옳다고 시위를 벌이

114

고 있는데 이를 "촛불과 태극기가 서로를 흔들어 태운다"고 썼다. 참 적절한 비유이고 참신한 표현이다. 서로 목소리는 눈덩이처럼 커지고 들판에서 평화롭게 자라던 말들이 "무방비로 활보하고/입에서 입으로 날던 말의 씨앗은" 언론의 자유를 넘어 어느새 뿌리도 없는 가짜뉴스로 발전해서 선량한 국민의 눈과 귀를 막는다. 이 총체적 난국 앞에서 사회적 식자識者층에 속하는 사람들조차 "티브이 속, 앵무새들/저마다 입맛에 맞는 통계로/같은 듯 다른 수치 읊으면서도/얼굴 하나 빨개지지 않는" 실정이니 말은 말을 낳고 말을 잡아먹는 형상이다. 어느새 우리는 말에서 말로 떠다니는 말의 유목민이 되었다. "말을 장전하고 말을" 서로 쏘아댄다. 서로 간 마음은 더욱 강퍅해져 살아가는 게 사막의 모래나 다름 아니다. 요즘은 "댓글 부대까지 동원하여" 말과 말에 붙이는 꼬리들을 보라. "잘라도 잘라도 끈질기게 돋는 말의 근성" 이젠 차라리 말이 무서워지는 거다. 이 시작품에서 돋보이는 말씀 언言의 말과 말 마馬의 말놀이가 일품이다. 시 읽는 맛을 한결 더해준다.

밤하늘에서 수만 캐럿 보석이 쏟아진다

추수와 풍요의 여신
고개가 꺾어지도록 젖혀야 볼 수 있는

처녀자리별

그중에서도 도도하게 빛나는 별 하나

스피카를 꿈꾸었다


수억 광년 건너도 빛나는 그대처럼

無明의 시간 밝혀줄 시 한 편을 기다렸다

어느덧 반세기도 훨씬 지나

노을이 발등까지 차오르는 지금

명작을 꿈꾸던 날들이 가물가물하다


이제는

은하 제일의 꿈은 접도록 하자

처녀자리 어느 별이라도 좋으니

지혜롭고 품위 있게 익어가기 위해

반딧불 같은 작은 불을 밝힌다


그래도 한 시절 내 꿈이 걸렸던

일등성 처녀자리 스피카별아 빛나거라

아직도 어둠 한쪽에서는

너를 보려 고개를 빳빳이 세우는 사람

절망을 딛고 일어나려는 기운이 있음이다

–「스피카 계절」 전문

시의 텍스트가 된 '스피카'란 황도 12궁의 별자리 중 하나인 처녀자리에서 가장 빛나는 별인데 두 개의 별이 서로 교차하면서 일어나는 푸른빛의 아름다움이 우리의 눈을 사로잡으며 별자리를 더욱 특별하게 만들어 준다. 시인은 밤하늘을 보다가 처녀자리를 발견하고 그중에도 가장 빛나는 별, 스피카에 주목했던 모양인데 "밤하늘에서 수만 캐럿 보석이 쏟아진다"라고 썼다. "별이 빛난다"는 말은 설명이지만 "수만 캐럿 보석이 쏟아진다"는 대상을 이미지로 그려놓은 표현이다. '시는 이미지다.'라고 단적으로 정의할 만큼 시는 이미지에 대한 형상화가 기본이며, 언어에 대한 나름의 이해와 시선으로 문장이 만들어지고 그들의 짧은 모임이 시가 된다. 그러니까 위 작품은 시의 도입부에서부터 제대로 시의 세계로 진입한 모양새를 갖추고 있다. 화자는 처녀자리, 그중에서도 "도도하게 빛나는 별 하나/스피카를 꿈꾸었다"는 것인데 이 별은 다시 은유로 몸을 바꾼다. 즉 "수억 광년 건너도 빛나는 그네처럼/無明의 시간 밝혀줄 시 한 편을 기다렸다"는 것이다. 그러니까 스피카는 바로 시였고 시인을 꿈꾸었다는 등식이 성립된다. "어느덧 반세기도 훨씬 지나/노을이 발등까지 차오르는 지금/명작을 꿈꾸던 날들이 가물가물하다" 어느덧 물리적 나이도 지긋해져서 세상을 떠들썩할 정도로 좋은 시를 쓰려던 기대나 욕망도 어느덧 사그라들었다. 사정이 그러할

진대 "은하 제일의 꿈은 접도록 하자/처녀자리 어느 별이라도 좋으니" 이제는 인생을 관조하고 품위 있게 나이 들어가기 위해 세상 낮은 곳을 향해 "반딧불 같은 작은 불을 밝힌다"는 현실적인 자각이 조금은 아쉽고 서글퍼지기도 한다. 그러나 아무리 그렇더라도 시인이 꿈꾸었던 "일등성 처녀자리 스피카별"은 빛나야 한다는 것. 비록 화자가 몸소 쓰지는 못했더라도 세상을 밝혀줄 누군가의 시는 오롯이 빛나야 한다는 것이다. 왜냐하면 "아직도 어둠 한 쪽에서는/너를 보려 고개를 빳빳이 세우는 사람"이 시를 읽어서 절망을 딛고 일어나려는 기운이 살아 있음이다.

물소리 새소리 알람으로 눈 뜨고 싶다
첫새벽 정적 깨는 카톡으로부터 멀어지면
특별한 하루가 시작될 거야

앞산 뒷산이 일러주는 낮고 깊은 소리
내 안에 들여앉히고
어긋났던 지난 발자국 되돌아보고 싶다

어느 시인은 가을비 오는 소리 들으려고
비 오는 쪽으로 머리 두고 잔다는데
나는 티브이 소리 들으며 잠을 설친다

〈

돼지 부속 구워 먹으며 고흐의 저녁을 더듬는
감성은 도대체 어디서 나온 건지

일상에 휩쓸려 부초처럼 떠 있는
이 줏대 없는 시인
산등성 위로 저무는 석양 보며 비울 줄 알고
서리맞은 단풍의 마지막 향연까지 찬찬히 음미하다 보면
제대로 익은 시 한 수 얻을 수 있을까

읽히지 않는 죽은 시를 짓지 않으려면
나를 낮은 자리에 내려놓고
물소리 새소리 바람소리가 들려주는 대로 쓰는
골 깊은 산속의 자연인이 되는 거다

시인다운 시인으로

— 「고흐의 저녁」 전문

　시의 제목이 「고흐의 저녁」이다. 반고흐가 그린 800여
점의 작품 중에서 그의 생전에 팔린 그림은 〈아를의 붉
은 포도밭〉이 유일하다. 동생 '테오'에게 의지하며 궁핍하
게 살던 고흐가 자살까지 실패하고 "나는 왜 잘하는 게

없지? 스스로에게 총 쏘는 것마저 실패하다니. 고통은 영원하다."는 말을 남겼다는데 세계미술사에 길이 남을 천재 예술가의 삶이 이러했음을 생각하면 안타깝기 그지없다. 이 시작품에 등장하는 화자의 알람은 특별하다. "첫새벽 정적 깨는 카톡으로부터" 해방되어 고흐의 자연 친화적인 삶처럼 "물소리 새소리"로 눈 뜨고 싶다는 것이다. "앞산 뒷산이 일러주는 낮고 깊은 소리/내 안에 들여앉히고" 어긋났던 세상살이 지난 발자국 되돌아보고 싶다는 거다. "어느 시인은 가을비 오는 소리 들으려고 비 오는 쪽으로 머리 두고 잔다는데" 그러지는 못할망정 "나는 티브이 소리 들으며 잠을 설친다"니 같은 문학인으로 부끄럽기에 짝이 없는 일이라는 것. 더군다나 "돼지 부속 구워 먹으며 고흐의 저녁을 더듬는"다는 어느 시인의 감성은 도대체 어디서 나온 건지 생각하면 같은 시인으로서 부끄럽기에 짝이 없는 일이다. '시작품 속에서 시인 본인이나 가족을 모범으로 올려세우면 시가 망가지고 자신을 뚝 떨어뜨리면 시작품의 문학성과 완성도가 올라간다.'는 것이 필자의 지론持論이다. 화자는 고흐의 삶처럼 자신을 무참히 부서뜨리며 시를 전개한다. "일상에 휩쓸려 부초처럼 떠 있는/이 줏대 없는 시인"도 어느새 나이 들어 저물녘이다. "산등성 위로 저무는 석양 보며 비울 줄 알고/서리맞은 단풍의 마지막 향연까지 찬찬히 음미하다 보면" 독자가 감동할 만큼

좋은 시작품 하나 얻을 수 있을까. 고흐가 작품 한 점 제대로 팔지 못한 궁핍 속에서도 최선을 다해 다시 붓을 들 듯 시인도 "읽히지 않는 죽은 시를 짓지 않으려면/나를 낮은 자리에 내려놓고" 시를 쓰고야 말겠다는 각오를 다시 한번 다진다. "시인다운 시인으로" 살아남기 위해서-.


하늘길

닿을 듯 말 듯


사막 건너온 늙은 낙타

모래 위에 무릎 꺾고 누워 있다

눈꺼풀조차 무거운 듯 실눈 겨우 뜨고

새끼 발소리에 귀 세우고 있다


낙타 등처럼 구부러진 엄마

참 먼 길 오셨다

잠깐 머무는 사람의 온기

너무 아쉽고 목말라

혹여 잠든 새 떠날까 봐

잠들지도 못 한다


누워 있어도 힘이 센 엄마

딸자식 발목을 묶어 놓았는지

한 걸음도 뗄 수가 없다


오늘도

하늘에서 보낸 청첩 마다하고

하루하루 버티고 있는 낙타

　　　　　　 – 「낙타로 은유하는 밤」 전문


　詩는 말의 춤, 은유의 보석상자다. 시인은 말을 부리는
능력뿐 아니라 은유라는 보석도 캘 줄 알아야 한다. 위 시
작품의 본질적 주인공은 어머니겠지만 각 행과 연에서 표
면적으로 독자의 심상을 끌고 가는 길라잡이는 '낙타'라는
은유의 마차다. 화자의 어머니는 "하늘길/닿을 듯 말 듯"
이미 천수天壽의 끝자락에 닿아 있음을 말하고 있다. 가파
른 세상 길 온갖 고초 겪으며 자식들을 키워내고 "사막 건
너온 늙은 낙타/모래 위에 무릎 꺾고 누워 있다" 이제는
세상 어디에도 속하지 않은 듯한 저 노구의 몸에 더 무슨
꿈 조각이 남아있겠는가. "눈꺼풀조차 무거운 듯 실눈 겨
우 뜨고" 어미는 아직도 "새끼 발소리에 귀 세우고 있다"
그러니까 내가 너희들의 엄마인 거라고 말하는 듯하다. 화
자는 모처럼 친정집에서 저녁 시간을 보내고 있는 모양인
데 누워 계신 엄마를 보니 영락없이 등 굽은 낙타의 모습

과 다름이 아니다. "몸은 낙타의 등처럼 구부러진 채 세상 참 먼 길을 오셨다"는 고백이 눈물겹다. 엄마는 오늘 하룻밤 잠깐 머무는 자식의 온기가 "너무 아쉽고 목" 마른 모양인데 혹시 "잠든 새에" 사랑하는 자식이 떠날까 봐 제대로 "잠도 들지 못한다" 돌이켜 생각해보면 세상 길 그 많은 고초 속에서 자식들을 키워냈고 그 거친 세파를 온몸으로 헤쳐왔으니 "누워 있어도 힘이 센" 우리 엄마다. 시간은 빠르게도 흘러서 화자인 딸자식은 그가 사는 집으로 돌아가야 할 시간이 점점 다가온다. 그러나 어머니 몸 어딘가에 "딸자식 발목을 묶어 놓았는지/한 걸음도 뗄 수가 없다" 참으로 애절한 모녀간의 사랑이 이 한 구절에 다 묻어난다. 이젠 세상 나들이 그만 거두고 하늘 문을 두드릴 때가 되었지만 오늘도 엄마는 "하늘에서 보낸 청첩 마다하고" 개똥밭에 굴러도 이승이 좋다는 말처럼 하루하루 독거의 시간을 견디는 중이다. 위 시작품은 도입부 "하늘길/닿을 듯 말 듯"에서 시작하여 시이 전개의 마무리 모든 시행이 은유의 놀이터다. '은유가 없으면 시가 아니다.'라는 시의 본령을 충실히 이행한 秀作이라 할만하다.

　　태풍의 이름은

　　성깔과 달리 모두 아름다운 이름

　　〈

조그만 찻잔 속

휘휘 젓는 찻숟가락 따라

회오리바람이 인다

초강력 태풍 매미도 비껴갔건만

무기력에 폭삭 무너지고


한철 미로에서 헤매다

늘어진 마음 추슬러 외출한다

삭신이 쑤신다는 앓는 소리 핸드백에 욱여넣고

고질병 들고 한 바퀴 휙 돌아봤지만

기분 전환 만족 지수는 반반


변화무쌍 폭풍 닮은 여자

이름은 태풍 장미

계보를 지키려 파도를 잠재운다


속과 겉이 다른 장미차 마시며

우아한 척 천연덕스럽게 나를 다스린다

-「한 잔의 태풍」 전문


    태풍의 이름이 만들어지게 된 계기는 동시에 여러 지역
에서 발생하는 열대성 저기압들에 대한 예보 시 혼동을 막기 위한 것이다. 처음에는 미국 해공군 합동태풍경보센터 (JTWC)에서 남녀 이름을 정해 사용했으며, 2000년부터는 태풍이 자주 출몰하는 아시아지역 14개국이 제출한 고유의 이름을 붙이고 있는데 우리나라가 지정한 태풍 이름은 개미, 나리, 장미, 미리내, 노루, 제비, 너구리, 고니, 메기, 독수리 등이 있다. 아시다시피 태풍은 성질이 거칠어서 그의 진로에 속하는 나라들에 막대한 피해를 낳기도 한다. 그런 까닭에 "태풍의 이름은/성깔과 달리 모두 아름다운 이름"을 지어서 그 성질을 누그러뜨리려 노력하고 있음을 볼수 있는데 위 시에서 주목한 풍경은 색다르다. "한 잔의 태풍"인 것이다. 이와 비슷한 말로 '찻잔 속의 태풍a storm in a teacup'이란 말이 있는데 당사자에게는 큰일로 느껴지지만 외부에서 볼 때는 매우 작은 사건을 일컫는 관용적 표현으로 널리 쓰이고 있다. "조그만 찻잔 속/휘휘 젓는 찻숟가락 따라/회오리바람이 인다" 우리나라에 큰 피해를 안겼던 "초강력 태풍 매미도 비껴갔건민"까지는 영락없는 자연현상의 하나인 태풍에 관한 스토리지만 "무기력에 폭삭 무너지고"의 "무기력"에서 뜻밖의 반전이 일어난다. 지금까지 우리가 일상적으로 보고 들었던 태풍이 아니다. "한철 미로에서 헤매다/늘어진 마음 추슬러 외출한다" 시적 대상이 순식간에 화자의 몸으로 옮겨오는, 마치 얼굴이 바뀌는 변검 공연을 보는 듯 뜻밖이면서도 자연스럽다. "삭신이 쑤신다는 앓는 소리 핸드백에 욱여넣고" 거기다가 "고 질병 들고 한 바퀴 휙 돌아봤지만/기분 전환 만족 지수는 반반"으로 풍경이 전환되면서 "변화무쌍 폭풍 닮은 여자" 가 등장한다. 누가 봐도 화자가 시의 무대에 등장하는 모습을 보여주고 있는데 "이름은 태풍 장미"란다. 그동안 계절의 왕이라 불러왔던 5월의 화창한 계보를 지키려 마음속 파도를 잠재운다는 것, 다시 말하자면 장미와 태풍의 연결고리처럼 천연덕스러워야 화자의 삶, 그 찻잔 속 태풍이 잠들 테니 말이다.

당나라 시인 두보杜甫의 조부인 두심杜審이 쓴 문장 중에 '매화낙처의잔설梅花落處疑殘雪'라는 글이 있는데 매화꽃이 수북이 떨어져 쌓여 있으니 잔설이 의심된다는 뜻입니다. 매화가 극한의 겨울을 뚫고 오듯 시인은 백지의 차디찬 고독을 이겨내야 하지요. 우리 한글 字母音 문자의 꼬리에 매달린 시인, 그들의 책상 위에 놓인 A4 용지 또는 컴퓨터 화면 속의 텅 빈 자리는 공포의 대상이라는 말이니, 더 깊이 생각해 보면 백지는 되돌아설 수 없는 천 길 벼랑이나 시퍼런 강물이 될 수도 있다는 것입니다. 시인들은 매번 시 창작을 시도할 때마다 또 하나의 세계를 창조한다는 강박에 시달리게 되는데 그동안 오랜 숙려와 숙고의 시간을 잘 견뎌낸 이규자 시인이 정성으로 묶은 시집 『낙타로 은유하는 밤」중에서 향기로운 시 몇 편을 깊이 음미해 보았습니다. 그 춥고 긴 겨울을 뚫고 온 매화처럼 독자의 기다림을 시적 감동으로 이끌어 줄 秀作들, 그의 시에서 풍겨 나오는 아우라는 따뜻함입니다. 시인의 심성이 그렇고 모습이 그러하며 시 또한 그러하니 읽는 사람에게 편안함이 자연스레 전이 되는 현상인 듯합니다. 시인의 자전적 이야기를 얼개로 전개되는 시작품「파치」의 一讀을 권하며 시집 해설을 접습니다.

낮달이 마루를 둘러보고 지나가면 과수원 오전 출하가 끝났다 제 무게 지닌 녀석들 도시로 팔려 가고 소쿠리에는 파치만 남았다


아이 손까지 빌려 봄부터 가을까지 줄줄이 출하하고 나면 한 해가 저물었다 과일 더미 속에 파묻혀 사는 과수원 집 딸이었지만 번듯한 맛 한번 보지 못했다 끝물이나 벌레 먹은 못난이가 겨우 우리들 몫
개밥바라기 뜰 때까지 우리를 키운 것은 파치였다


난전에 쌓인 과일 더미를 바라보니 엄마 몰래 먹은 살 오른 복숭아가 생각난다 문득, 구순 어머니 통 큰 장사법을 계산해 봤다 허공이 파먹은 찌그러진 못난이들만 먹고

자란 일곱 개의 별이 저마다 세상에 나가 제 몫 다하고 엄
마의 등을 지키고 있으니 얼마나 실속 있는 장사인가


파치는 우리 집 밑천이었고

우직한 엄마의 장삿속은 최고의 이윤을 남겼다

-「파치」 전문

상상인 시인선 *052*

이규자 시집

# 낙타로
## 은유하는 밤

**지은이** 이규자

**초판인쇄** 2024년 3월 22일　**초판발행** 2024년 3월 28일

**펴낸곳** 도서출판 상상인　**펴낸이** 진혜진

**표지디자인** 최혜원　**기획·마케팅** 전은빈 최유림 노혜림 정현수

**책임교정** 종이시계　**편집** 세종PNP

**등록번호** 제572-96-00959호　**등록일자** 2019년 6월 25일

**주소** 06621 서울시 서초구 서초대로74길 29, 904호

**전화번호** 02-747-1367, 010-7371-1871

**팩스** 02-747-1877　**전자우편** ssaangin@hanmail.net


ISBN　979-11-93093-47-4 (03810)



**값** 12,000원


• 이 책은 한국예술인복지재단 창작지원금으로 출간되었습니다.